英作の耄碌《もうろく》様式

間瀬英作詩集

マンガ　装丁　間瀬敦子

目次

兵庫県芦屋市、第三チームはどこへ消えたのか

承平年間（九三一年〜九三八年）頃、源順（みなもとのしたごう）撰。分類体和漢対照辞書『和名類聚抄（わみょうるいじゅしょう）』に、摂津国菟原（うはら）郡葦屋郷とあります。昭和十五年（一九四〇年）市政施行、兵庫県芦屋市となります。総面積わずか一八平方キロ、開発のベクトルは山間部に向かいました。漁業権を放棄しディズニーランドを誘致した浦安市と好対照です。

市立山手小学校渡邊萬太郎校長は八代〜十代芦屋市長（一九六四年〜一九七五年）でもありました。第四代市長猿丸吉左衛門（学生相撲の横綱など、スポーツ黎明期の万能選手、百人一首の猿丸大夫の後裔とか）と、猿丸市政の後継者たりし内海清両市長（内務官僚出身）によるカジノ設置など観光芦屋の構想、全否定したのが渡邊先生でした。

昭和二十三年（一九四八年）
ぼくは芦屋市立山手小学校の四年四組だった。
男の子の遊びの主役は野球だった。
総勢五六人中男子三一人のぼくのクラスに
一時期、チームが三つ出現した。
最強は第一チームである。革製のグローブを装備した。
大柄、裕福な家の子どもで構成され
学業成績五番と六番が主力選手だった。
両人の進学先は男子の難関、灘中学校。
他のメンバーも、メソジスト系の総合大学や
旧制七年制高校が衣替えした小人数の大学の付属など私立中高一貫校
におさまった（ちなみに成績の上位三人は女の子で、一番二番は花嫁
学校の名門甲南女子中学校、三番は女子の難関、神戸女学院中学部に
進学。男子の成績は四番からだったな）。
二軍的存在が第二チームだった。
彼らのグローブは主として布製で（そういうのがあったのだ）

運動能力、学業ともに平均的だった。

特筆されるべきは第三チームである。
というのは、このぼくが所属していたからである。
グローブだが、練習初日、布製が一つあっただけで捕手が使用したな。

第三チームは（ぼくをのぞいて）背丈が低かった。
ぼくの記憶では学校給食の再開って昭和二十三年なのだが
それまでは弁当代わりに水筒持参の子がいた。
粥を入れていたのだ。
食事時間、黙って姿を消す子もいた。
行先は、水飲み場ではなかったか。
ぼく、小児喘息。天井向いて寝ているだけの毎日毎日
なぜか登校日数まるで足りんまま進級して
それって渡邊萬太郎校長の指示と聞いた（理由は聞かされていない）。
喧嘩も弱かったな。

ヘルニアだったから脱腸帯とられると、腸が鼠径部からはみだすのだ。
つまり第三チームとしては
頭数揃えたいだけの人事なんだろうが、うれしかったよ。
世界がぼくを認知したのだ。
チームは短命だった。子どもの社会もまた
社会勢力論が教えるとおりの成り行きである。
メンバーはチームどころか学校からも消えた。
コスパがよろしゅうない芦屋市に居ることはなかったのだ。

ぼくの職業人生は月給取だった。月給取だから上司がいた。
旧陸軍軍曹。
WWⅡ末期、ルソン島リンガエン湾守備の独立混成第五八旅団所属、
飢えて人肉を食したという噂が終生つきまとった。
ぼくは尋ねたけど、返事はなかった。
「人生、おもろいことはなんにもなかった」と、いっておった。
グループ売上高五兆円の総帥、勲一等・瑞宝章の主が、である。

機会不平等・結果不平等のこの国で
第三チームのその後はどうであったか。
ぼくには、You Tubeで聴く詩がある。
第三チームの応援歌だと勝手に思っている。

レニーが振ったマーラーの「復活」、イーリー大聖堂
一九七三年収録盤、終わりまで二八分二九秒残したところから
ジャネット・ベーカーが歌う邦語字幕の章句である
(どなたの訳なのか、ぼくはしらない)。
詩人はフリードリヒ・ゴットリープ・クロプシュトック
十八世紀ドイツの人である。

ああ　わが心よ
信じなさい

お前が何も失って
いないことを

すべて　お前のものだ
お前があこがれ　そして愛し
得ようとしたものは

おお　信じなさい　お前は
いたずらに　この世に生まれ
理由もなく　苦しんだのではないことを

失せ物

脳から言葉が消える。
意味はとり残され、進化さえする。
新手の認知症、それとも。

贈物

しっていたよ。清水哲男さんはもう八十四歳だった。
年賀状の交換だけは続いたからな
（生存証明みたいなものだったのかな）。
でもぼくは十月生まれで、故人は翌年の二月生まれなのだ。
順序が逆ではないかな。

ぼく、摂食し排泄する円筒。

詩人からの最後の贈物は
悲しいという生きものの感情。

何者

一年くらい前からかな（もっと前からかな。
老人の時間は経つのが早いのです）。
電話線の向こう側に始まり、
距離をつめてくる感覚がある。
ぼくを丸ごとのっとる魂胆かな。Ｍ＆Ａか。

たまにだけど、いい情報をくれることがある。

詐欺

Rosa rubicundior,　バラよりも赤く、
lilio candidior,　ユリよりも白く、
omnibus formosior,　誰よりも美しく、
semper in te glorior!　いつもあなたを誇りと思（おぼ）しく！
（「カルミナ・ブラーナ」より。申し訳ありません。
邦訳なさった方の名を存じあげません）

昭和三十七年九月十六日、神戸三宮《さんのみや》の国際会館だった。
催しは二部構成で、前半はヨハン・シュトラウスⅡ世、
休憩をはさんで「カルミナ・ブラーナ」の西日本初演だった
（フランクフルトにおける世界初演は昭和十二年だから、
約四半世紀の後ということである）。

バラより赤くユリより白いかの人は休憩時間直前の降臨だった
（一部の〆の曲「美しく青きドナウ」がロビーに漏れ聴こえていた）。
ぼくは二階最前列の真ん中の席を準備し、ロビーで待機していたのだ。
ポチだよな。ワン。
終演後、三宮のジャズ喫茶店バンビで人生の展望を語り合った。

かの人は「ケネディが好き
結婚相手はＪＦＫのイメージ」と宣言した。
暗殺の一年と少し前だったな。
半世紀を閲《けみ》した。両人偶然、東京都港区高輪に転居していたが
出会いはなかった。
そして訃報。
膵《すい》臓《ぞう》癌《がん》だった。

一周忌。ぼくは、青いバラを買って
高輪の高台の旧高松宮邸隣りの高級マンションの高層階の婚家を

初めて訪ねた。
夫君は、日本人で小柄で紳士だった。
脳卒中の病後で顔色がよくなかった。
話がちがいすぎるではないか。
ぼくは「詐欺や」とつぶやいた。
夫君は怪訝に思われたようだった。

所謂ＰＰＫの害について

「夜分失礼します。マセさんでいらっしゃいますか」「はい」「はじめまして。わたくしはＢと申します。マセさんと中高同じＡの夫です。Ａが死にました」

「Ｂ先生。ご葬儀に伺うべきところ失礼いたしました」

「ごぞんじでしたか。どなたから伝わりました？」

「奥様の勤務校を中心に、美人の英語の先生たちの会がありまして、ぼくの知人のＣ先生もメンバーでした。名称は、《セブン・ビューティーズ》だそうです」

「そうでしたか。同窓会関係には機関誌発行の節目に、Ａ死亡としてしらせるだけですませたいのです。口チャックでお願いします。わたくしが慌てて電話に及んだわけは、遺品整理のところマセさん関係専用の函を発見しました。学生時代からの、賀状、メモ、半券、答案、博覧会の招待状とかフライヤーのたぐい」

「B先生」。ぼく反射的の反応は、電話の主が、校長や教育委員会の要職歴任。地域にあって尊敬おくあたわざる教育者だったせい。不純異性交遊を叱られている感覚。ぼく、七十四歳の未熟児。

十代のAさんには、オルセー美術館の零階で出会える。官展系の画家アンリ・ファンタン＝ラトゥールが、義妹シャルロット・デュブールを描いた肖像画のそっくりさん、なのだ。

ぼく、《シャルロット》と同級の時間は中一だけだった。授業の最初の週。英語教員は彼女に「混血か」と聞いた。《シャルロット》は「日本人」と答えた。国語教員は《冨山房》と板書し「読めるか」。《シャルロット》は「フザンボウ」と答えた。

ぼく、《シャルロット》とバイで過ごしたことが生涯で一回だけある。六十八歳。高校卒業五十周年記念、最後の同窓会が果ててのち、

ボール・ルーム階下の喫茶室で、コーヒーと抹茶プリンとクリーム
あんみつだったかと。
席上、ぼくの問題提起は、アルフレッド・コルトーのピアニズム。
昭和二十七年（一九五二年）十月十八日だったか。
宝塚大劇場の天井桟敷が、《シャルロット》とぼくを含む中学二年生
有志に廉価でまわってきて、
主菜はコルトーが弾くシューマンのイ短調協奏曲。
あと魔笛序曲とフランクのニ短調交響曲。
その夜、コルトーは、以後日本のオケとは協演を断るといい出し、
梶本音楽事務所は、ザ・ラスト・ロマンティックを東京に搬送。
上田仁指揮東京交響楽団の練習を聴かせ、納得という
関西楽壇伝説のシューマン演奏となった。
ついでにいうとフランクの交響曲はハープを欠いていたような。
コールアングレの伴奏はピアノで代用（?）したような。
そして《シャルロット》はというと「曲目の覚えもない」。
そのかわり当夜団体鑑賞参加の同学年男子全員の姓名と各自、何列の

何番だったかについて解説した。また、どんな科目の試験の答案も、自動書記的に書けて、点数が転がり込んできたとも。

《シャルロット》のメジャーは初等教育だった。学問よりも、生涯、子どもと遊んで過ごしたかったのだそうだ。ところが小学校に空きがなかったので、中学校から招かれるまま副専攻活用、英語を教えた。定年後は水泳とヨガ仲間のおばあさんたちに、ぴんぴんころりの効用を説く日常。そこのところを尊師自らプールで実践しちまった。解離性大動脈破裂と聞いたな。激痛は一瞬、四日間におよぶ昏睡状態が続き、苦しみはなかったと。

一個人のライフスタイルの採集についてはイスタンブール（猫が多い）で似た話がある。トルコ人初のノーベル賞受賞者、オルハン・パムクの小説『無垢の博物館』（Masumiyet Müzesi）がそれ。保存対象はフュスンという名の絶世の美女である。イスタンブールのチュクルクマ地区に出版と連動して二〇一二年開館。収蔵品はフュスンの煙草の吸殻だけで四二一三本を数える。

でも、わが《シャルロット》のコレクションは、ノーベル賞作家の『無垢の博物館』の執筆に遡ること半世紀前に始まるのだ。

ただ、ぼく。

異性文化のアイコンとしては地味にすぎましたよ。Aさん、ごめんね。

B先生は故人の写真を胸に収めて、ポーランドとバルト三国、屋久島に旅立たれた（ご夫妻でかねてから計画中だった）。

いっぽう、ぼくは「軍人精神注入」の期待を永遠に失った。

背後に殺気、どんと突き飛ばされて下士官の口調ひとこと「姿勢が悪いっ」。

ぼくにとっては昇天の疑似体験でしたけれども。

コルトーが弾くシューマンの協奏曲は、ロマンティシズムの一座建立そのものですけど、楽譜にないような（ぼくの聴きまちがいならゴメンナサイ）展開も。伴奏のオケマンには負担でしょうね。過呼吸とか。

ぼくは一九五一年の録音で、フェレンツ・フリッチャイ指揮。管弦楽はなぜか Royal Symphony Orchestra と印字されているけれども、実体はＲＩＡＳ交響楽団（後のベルリン放送交響楽団）らしいという、イタリー製のＣＤを所持していますが、当時七十四歳のコルトーを確実に追尾しています。フランスのＥＭＩでリマスタリングされて流通しているそうです。

神の名

ヴィシユヌとは神の名である。
日本では奥さんの吉祥天がメジャーだが
ヒンドゥー教の最高神である。

インドには、
世界は
ヴィシユヌの夢の中にあると考える人がいる。
ヴィシユヌが目を覚ますと
世界が消滅するのだ。
ぼくの貧・争・病も、まとめてなのだ。

ヴィシユヌの夢には記憶機能が実装されているという。

だから世界は無限に繰り返されるという。
ぼくにとってはたのしくない話だ。

東京大学法学部

音馬敞、村山直廣、ぼく。
在学時の成績順で表記したが、三人の爺が会った。
兵庫県芦屋市の県立高校を卒業して、半世紀閲《けみ》しておった。
場所は学士会館だったが、三人の周辺、なぜか母校の臭いがした。
『失われた時を求めて』紅茶に浸したマドレーヌの類か。ちがうか。
村山君が真っ先にいうた「おれたち出世せなんだなあ」。

理学士でケンブリッジのPh.D.なのにな。

ぼくは卒業式の定番「仰げば尊し」の二番の文句
「身を立て名をあげ　やよ励めよ」が嫌いだ
(このせつは、歌わないとも聞くけど)。
十九世紀米国の「Song for the Close of School」の旋律に
明治の文部省音楽取調掛が日本語の詞を被せたのだ。
英語の原詩に立身出世のすすめはない。

椿事である。ここに何らかの意思がはたらいて、
「身を立て名をあげ　やよ励めよ」の先頭集団と
下級国民昭和十二年組の、このぼくが時空間を同じゅうした。
毎週木曜だったかな、建前フランス語の勉強。
会員資格は東京大学法学部出身で、あわせて
昔の名前でいう大蔵、通産、外務、三つの役所の局長級以上。
若手、つまり課長級の会もあったよ。曜日を変えてね。

日本最大最強のシンクタンクだ（ただしサプライヤーのための、ね）。

課長級は家族ハイキングの相談もしておった。

弁当は懐石のあそこ。ワインは専門商社のここ（子弟教育上、疑問）。

双方、同族経営。後継者とおぼしき副社長が末席に控えておった。

と、いうふうにミッションによっては有資格者ならざる人物も出入りしたな。たとえば故柿澤弘治衆議院議員。大蔵官僚だったな。でも、局長経験はないし経済学士だよな（二世議員のご子息は法学士だな）。

フランス語の達人だし、外務大臣も拝命。名誉会員待遇かな。

また磯村尚徳元ＮＨＫキャスターの都知事選立候補に際しては、スーパーゼネコン各社集合。ただし磯村さんの意思だったかどうかは。


昼下りの情事（そんな映画あったな）のあと。

法学士はパンツはくの忘れたな。

ぼくたち三人、地方のごく普通の高校生男子だってはいていたパンツ。


含羞。

軽井沢町大字軽井沢雲場橋際下はどうよ

野鳥の餌付けって、
少年警察官こまわり君的には「死刑！」かあ。でもねえ。
餌箱を残して去られた先住の人は
明治大帝の孫・曾孫にあたる蒼い血だった。ぼく、
民主主義の子として、法の下における平等の徹底を期すためにも、
麻の実と向日葵の種をサーブしてきた。
主賓コルリ、漢字表記小瑠璃、英語 Siberian Blue Robin
繁殖期の夏以外は繁盛していたのだが、なぜか客足絶えた。
伴食の栗鼠雉大瑠璃山鳩の衆もだ。
味が変わったのかな。
餌、無視、わが家の壁を攻撃のアカゲラにいたっては姿もみせない。

ここ半世紀、アイラ島のシングルモルトの味も変った。
貧乏と気管支喘息と寄る年波で滅多にのまないぼくでさえわかる
（ぼくのおすすめはトワイスアップ。おいしいし半額だし）。

追伸。


気温が氷点下一〇度に近づくと、お馴染みさんが姿みせるようになりました。

ただ、客数が減りました。原因は。わかりません。

また、人を警戒するようになりました。それは喜ばしい傾向だと思います。


追追伸。


一月九日、雑多な面々が戻ってきました。コルリのお母さんの青い背中、茶色いお腹が目立ちました。

周辺、絨毯爆撃的の建設工事は終了しました。

羽ある先住民たちが、どこで、どうしていたのか。

わかりません。

首狩り族異聞

「同好の士」の存在って嬉しいものですね。ぼくより五歳若いし、交友はありませんが、映画監督のヴェルナー・ヘルツォークが、それです。ドイツ山岳映画の正統を継承の（と、ぼくは勝手に思っている）、「彼方へ（Scream of Stone）」では、辺境パタゴニアのセロトーレ山（二〇〇〇メートルの垂直の岩壁がたちはだかる）、その初登頂を競う広告代理店のプレゼンテーションの席に、ルイ・ル・ブロッキーが描いたケルト系の誰かの頭部が架けられていました。

大詰め、ラインホルト・メスナー髣髴の大登山家が、死力を尽くして登攀を達成。しかし前人未到のはずの山巓で彼がみたものは、古風なピッケルに張りつけられた女優メイ・ウエストのブロマイドでした。

そして客席にひたよせるほの暗い音響は、「トリスタンとイゾルデ」の「愛の死」。スグそれとわかるハンス・クナッパーツブッシュの指揮、ビルギット・ニルソンの歌唱、ＶＰＯの演奏。何たるアナクロニズム。でも、「同好の士」は、クナ老の棒を選択するのです。

登山、人類にとって最も非生産的で不健康なスポーツ。ゆえに尊敬される。なお、現実にセロトーレの初登頂を果たしたのは、やはりメスナーでした。下山に際してパートナーを失っています。

ルイ・ル・ブロッキーは「文化的首狩り族」の画家である。
にこやかな顔して描きまくった。
ケルト系の頭部。頭蓋骨までな。
W・B・イェイツ、ジェイムズ・ジョイス、サミュエル・ベケット
フランシス・ベイコン、
内面の葛藤も含めてね（イェイツって嫌な性格だったかもしれない。
大詩人だもんな）。
ル・ブロッキーの古代アイルランドの英雄譚を題材にした連作が
「クーリィの牝牛争奪の物語」ね。血なまぐさい。
ブライアン・ケネリーが詩にして
甲斐萬里江早稲田大学教授が邦訳した。
だから横文字はローマ字程度しか読めないぼくでも読めた。
その甲斐教授の教授が、倉橋健先生だ。
ウィリアム・サローヤン『わが心高原に』、倉橋健訳。心ほのぼの。
でもサローヤンはＤＶの常習犯だったそうだな。あ、脱線したあ。

荒ぶる夏。
甲斐教授を品川駅の自動の切符売り場でみかけた。
切符の買い方がわからないという。
切符を買うと、プラットフォームへの行き方がわからないという。
プラットフォームに行くと。
わたしはいったいなにをしているのでしょう。

神聖萬里江帝国、
ペディキュアに始まり東京都に屹立し天穹を版図とする。

ぼく、ここ半世紀の大疑問です。

一九七〇年代の前半、人間離れして美しい三人と、一瞬同席しました。ヒースローです。あるじは、貴種と思しき漆黒の美少女。それは欧州の大空港ならありふれた風景かもしれません。

問題は残るふたりの護衛です。一メートル九〇を越える長身、黒を越境して紫に近い肌、指長の裸足、小顔。そこまでは許せますけど、怖いのなんのって、見敵必殺の眼光、天井を突き破らんばかりの長槍。機上ではお預け手荷物の扱いになるのでしょうか。それとも大英帝国、ああいうご一統に大枚の借りがあったのでしょうか。

歯科医の説得術

「マセは歯の磨き方が足りん。いちんちに最低一〇分磨け」と、
M先生はいった。磨かなんだ。
M先生は歳とっちまったので（ガンも病んでおられた）、
愛妻と、ぼくの住む山の町から降りていった。いい人だったな。
そこでぼくの歯科医は新鋭のT先生に変わった。
若いブッダの眼差しして、T先生はいった
「歯を磨きましょう。いままでより一分でも二分でもいいから」。
そして、いま、一分だか二分だか、意識して長めに歯磨きするぼくが
いる（ぼくと同じ霊長類のお猿さんは歯磨きしないのにと、効用疑い
ながらも）。

「一分でも二分でも」が、脳内で増殖し、

「三分でも四分でも」と歯ブラシ持つ手に指令する。
先生の発明だろうか。それとも
「歯科医の説得術」なんて how-to 本、秘かに流通しているのかな。

intermezzo

ピアノの音は人の心の形をしている
何故？

あたかも祭りの日に・・・・

（ヘルダーリンの詩の標題、いただき）

ぼくの生母美佐子は上村松園の内弟子で、
雅号「松雨」。師匠のニセモンみたいですけど、ニセモンです。
鼻が豚さんで、知能も似たレベルでした。
趣味は二代目広沢虎造清水次郎長伝十二段目「石松三十石船」、
曲節《きょくせつ》の「馬鹿は死ななきゃ癒らない」が口癖でしたが
リアルに若死にしやがった。ばーか。

肺結核、
「生んだら死ぬぞ」という国手に逆切れして豚の子（ぼく）出産。
次郎長伝を引用するならば、二十三段目「鬼吉喧嘩状」のノリです。
オノレが入る棺桶背負い

黒駒勝蔵の陣で喧嘩状押しつけさあ殺してくれろの迷惑千万
次郎長一家超絶単細胞桶屋の鬼吉のあれ。

感染の恐れありますので、出産後まもなく隔離です。
ところが、そのわが家のグレタ・ガルボが発作的に帰宅したのです。
ぼく幼稚園児、
いま思えば豚さんなりに、死期を覚ったのでしょうね。

ぼくは古新聞でたいまつをつくり火鉢の火を移して
家じゅうに火つけしてまわりました。
婆やさんを縁側から突き落としました。
天窓まわりで暮らしているノラの猫ちゃん一家を
段ボールの箱に乗せて側溝に流しました。
被害状況ですけど婆やさんはご無事でした。
災難は猫ちゃん一家でして、消息不明です。
お天気続きで水の流れが少なかったことだけが救いですが

お詫びの言葉がないのです。

(猫ちゃん一家の無事が前提ですけど)
母といっしょした日々は
ぼくの生涯唯一最高のタカラモノとなりました。
成人後の職業人生は凄惨でした。
外野席の声は「自殺だけはしてくれるな」でしたが、
自殺という選択肢はなかったのです。
地上楽園の記憶があれば人は生きられるのではないでしょうか。
豚鼻のベッド際の屑籠の定番は脱脂綿。
喀血でもって白地に赤く、でした。

日章旗。
母とぼくの旗です。

交響變奏曲

ぼく、喉のあたりに異物感。病名慢性気管支炎、気管支喘息。
肉眼ではみえないような小さな炎症があるのだそうです。
健康人より過剰にこたえるのだそうです。
ぼくの生理です。生理は心理でもあります。
胸の奥の底のここで持続する交響變奏曲、ぼくにおける「モノリス」。
スタンリー・キューブリック製作・監督の映画、
「二〇〇一年宇宙の旅」の地球外知的生命体の（ものらしい）あれ。
お猿さんが騒いでいました。

小学校三年の二学期、小児喘息の日だったことだけは覚えています。

苦し紛れに父親の蓄音機を鳴らしました。
ありあわせのＳＰ盤を掴んで
電源を入れる、針を落す、操作はみようみまねでした。
生まれて初めての西洋古典音楽との遭遇です。
円盤中央のラベルには、セザール・フランク交響變奏曲
マルグリット・ロン、コロンヌ交響樂團と印字されていました。
原題は Variations symphoniques pour piano et orchestre でして
きょうびは交響的変奏曲と表記します。ぼくは「的」も「変」も嫌だ。
マルグリット・ロンは、いまのピアニストと奏法がちがうようです。
指を縦に落とす感じでしょうか。ゴツゴツしています。

いまやぼくの臓器です
（認知機能障害は周辺症状として、妄想、幻覚、幻視など伴うことも
あるらしいです。それかも）。

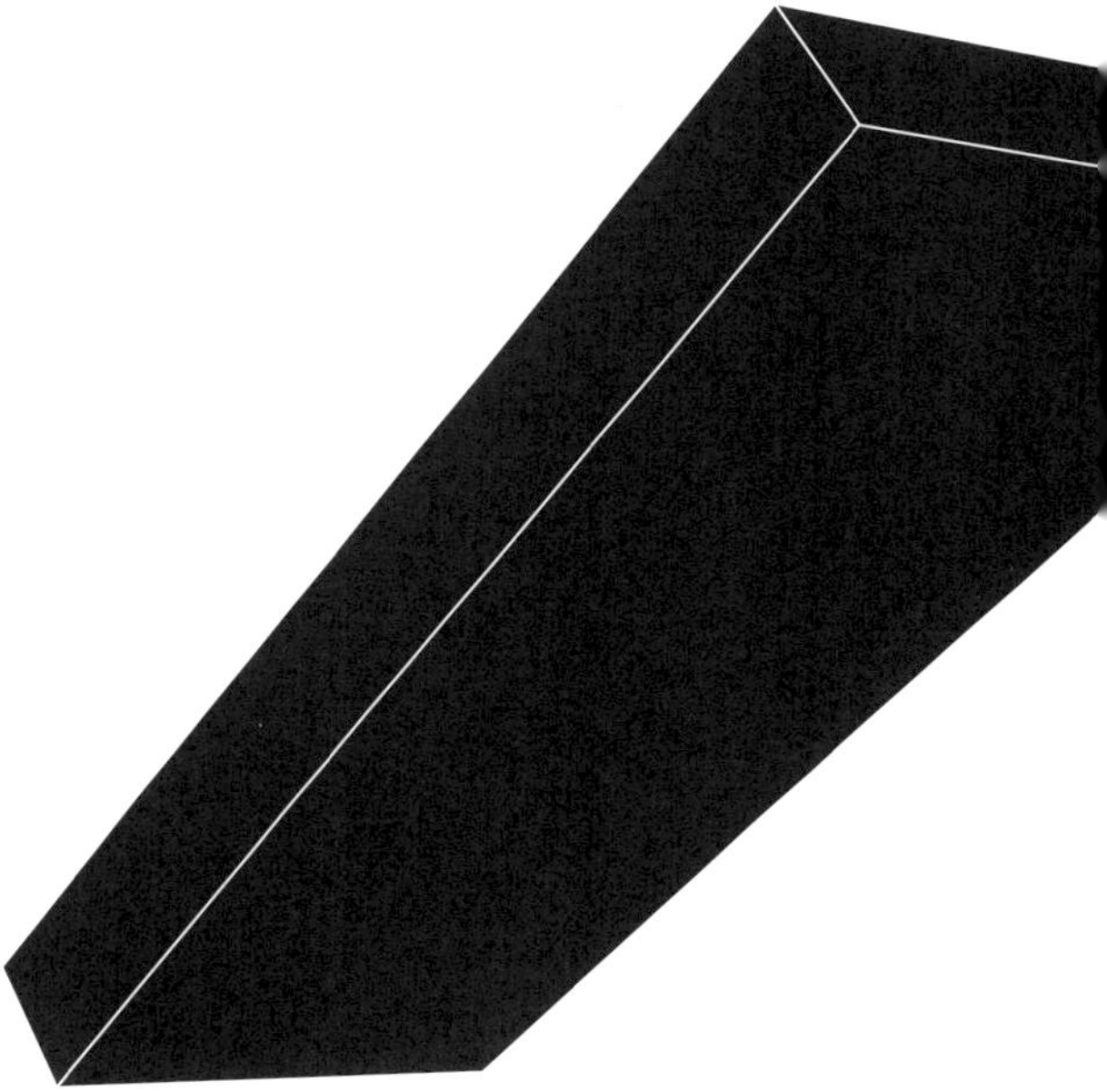

一日当たりの処方は「お薬手帳」によりますと、ムコダイン錠
500㎎3錠、アンプロキソール塩酸塩錠15㎎3錠、ウルティブ
ロ吸入用カプセル1回、アズノール嗽液4％、デパス錠0・5㎎
2錠、ちなみに苦痛を劇的に和らげてくれたのはデパス錠でした。
勿論、交響變奏曲は鳴りっぱなしです
（あのー、ぼく。エルネスト・ショーソンの曲も好きなんですけど）。

手記

仲間に起こされた。
ユーラシア大陸を南下するのだ。
山岳地帯を越えた。死ぬかと思った。
目的地《ディスティネーション》だ。その国の人は昼間からパジャマを着ていた。

ジュネーヴに向かうアリタリア機では、機長が操縦室に招き入れ（トランプの札がちらかっていました）、アルプスを俯瞰でみせてくれました。純白でキレイけど、チェスの駒でした。質がちがうのでしょうね。
渡り鳥、恐竜の末裔としての意思と行動とは。

猫ちゃんはお魚の夢をみるのか

就寝前、アローゼン顆粒《か》0・5g1包を飲みます。
朝食前、グーフィス5mg2錠を飲みます。
夕食前、グーフィス5mg1錠を飲みます。
それって「反則」らしいけれども
国手は、そこに薬があって効くのならそれでいいのではないか、と。

昼寝時、夢をみて
それが末期高齢者の修学旅行（そんなの、ありかな）で、
老朽のホテルがなぜか全室びしょびしょ
（タルコフスキーがびしょびしょの映画作ったでしょ。あれです）。
ぼくはというと出立前になって、トイレを必死に探しています。
どの客室も錠が壊れていて出入り自由なのだけれども。

シャワーや浴槽はあるのに便器が無いとか、あっても壊れているとか、
便器の位置におおきな冷蔵庫が設備されていたりとか。
やっと一カ所確保のところで、目覚めました。ほっ。
（ユング派の心理学では、夢って、覚醒時は制御されている、
自我のエモーショナルな部分だと説きます。ふーむ）

臭いますか。老人は、ことにぼくは。
入浴と、入浴にともなう衣類の着脱が面倒くさいのです。
ぼくの名前、マセエイサクを逆に読むとクサイエセマです。
ねっ、クサイでしょ（なんのこっちゃ）。

夢は、高輪四丁目を縄張りにしていた猫のあっちゃんから再開します。
ノラ女子の食生活は過酷に過ぎます。
出産しても母乳が出ませんので子猫はまず生き残れないのです。
あっちゃんは、もともと飼い猫だったのではないかな。
猫族のならいとして一日の半ば以上が睡眠時間の印象でした。

アカデミアによると猫ちゃんも夢をみるそうですし
どうせみるなら魚の夢をみていてほしいと願う心ですし
でも最先端の研究では魚だって夢をみるそうですし。お魚可哀想。
それでもぼくは今晩、意地汚く骨とりの鰆《さわら》を食します。

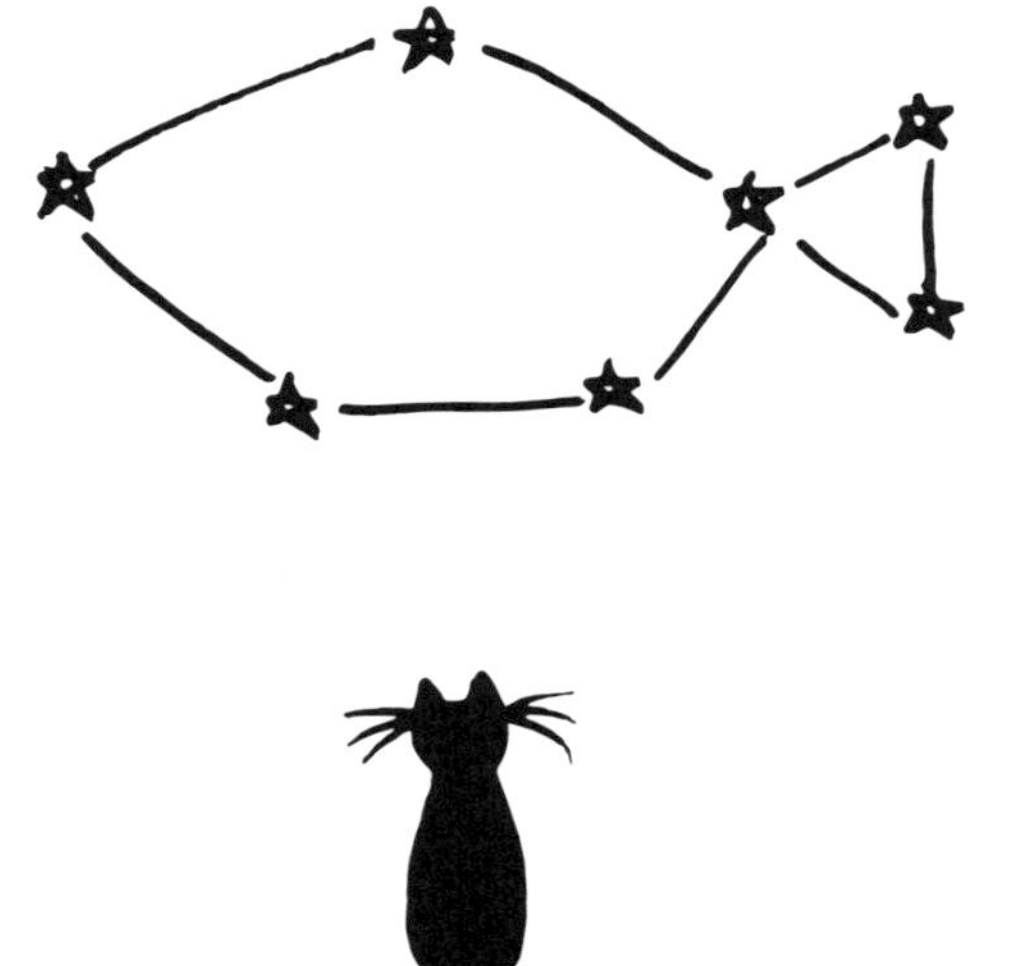

死ぬとどうなる

「マセさんは頭の中の整理整頓ができていません」

と、このぼくに説教ぶーたれたホセ・ヨンパルト神父。

ぼく、浄土真宗大谷派の門徒として、切支丹伴天連に拒絶反応。

大阪弁で「坊《ぼん》さん」と呼んでいました。

昭和五年マリョルカ島生まれ。
昭和二十二年イエズス会入会、哲学修士・神学修士、
昭和四十二年ボン大学法学博士。
希臘語、羅甸語、西班牙語、伊太利語、独語、英語、日本語、
日替わりで多言語の夢をみる語学のへんたいで
主著『実定法に内在する自然法』（有斐閣）、四谷の法哲学教授。
でも自己申告によると「本職は司祭だよ宣教師だよ」。

神父はこうもいっていました
「島の子がイエズス会に入る動機って、日本人が商社に就職したがるのと似ていたかも。外国に行きたい、行ける」。
御意。切支丹の布教は、大航海時代、価値増殖の運動の所産です。

宗旨はちがうけれども老いは並走します。

結果的に大学構内ＳＪハウスでのご拝眉が今生の別れになりました。

別れの言葉が
「わたしの背骨の問題は火葬場に行かないと解決しない」。

「わたしの行く先は火葬場」。

「それでおしまい」。

神父いうところの最後の著書、
『いちばん大事にすべきことは何か』（新教出版社）をもらって
長野県の草屋に帰りました。

結びの二一〇頁に「キリスト教的に考えると、死というものは生きることの終点ではなく、すでに与えられた永遠のいのちへの、最後のうれしい乗換駅なのです」とありました。む、むっ。

カトリック司祭ヨンパルトさんは、不器用でした。一九七〇年のことです。広島拘置所における死刑の執行方法は床に一平方メートル四方の踏み板、下が奈落の構造です。そこに死刑囚を正座させて首に縄をかけ、踏み板を外します。だから死刑囚が暴れると吊るせないのです。四メートルの落下時点で骨が外れるというのですが、それでも、舌が出、失禁し、激しく痙攣しスリッパが壁まで飛ぶという元刑務官の体験談を耳にします。永田憲史関西大学法学部教授が、米国国立公文書記録管理局所蔵のGHQ／SCAP日本占領統治当時の記録を、日本の国会図書館経由で入手のところ、絞首刑の所要時間平均十四分。二十二分を要した事例もありました（薬物注射なら二〜三分だそうです）。

当時、拘置所には、米田さん（カトリック信者、洗礼名パウロ）という三十代半ばの死刑囚がいて、執行の前に、ヨンパルト神父が向き合うはめになりました。対話は「納得できない。死にとうない」「米田さん、あなただけではない。わたしも死にたくないよ」に始まり、刑務官いうところの「きれいなやり方」で帰天したのですが、結果として、神父の行為はパウロ米田さんの死期を早めました。情けないことに、彼、日本の死刑反対論者として、刑法・刑事訴訟法の団藤重光博士と並び称される存在で、死刑どうして廃止すべきなのか』（聖母の騎士社）という表題の著書もあります。

もともとこの裁判じたい情状認定において誤りがありました。米田死刑囚は主犯ではないし、前科もありません。主犯にだまされて現場に連れ込まれ、突発的な成り行きで一家三人の殺害に加担してしまったのです。刑法学者の金澤文雄広島大学法学部教授と彼の友人の椎木緑司弁護士が再審のために尽力されたのですが、再審請求を受けた裁判官が死刑判決の当人なもので、問答無用の棄却。裁判官忌避申し立ても最高裁の却下するところとなりました。再審は前審関与に当たらずというのです。司法の人殺しぃ（最高裁判事よ。チッタア心入れ替えて真人間になれよ）。

拘置所長は職責に似つかわしい能吏でして、ヨンパルト神父をイエズス会の高僧とみこんでの要請に悪気はなかったと思います。でも拘置所長が、そしてヨンパルト神父が、いまのぼくの年齢なら、きっと別の。

超自然現象は、ある

東京発新神戸行き出張の新幹線です。勤務先のＣＥＯ窓側、ぼく通路側。彼ポチに命じました「足元の荷物を窓側に寄せろ。前の車両から政治家が来る」。

するとドアが開き自民党の政治家が入ってきて、ＣＥＯはというと狸寝入りでやり過ごしました。政治家はぼくたち主従に気づかなんだみたいでした。乗降口迄は秘書が二人随伴していましたから、自民党の誰それが程度の報告は入れられたかもしれません。でも「前の車両から」の予知はありえないです。何なのでしょうか。実はブキミは他にも。

グルの名は中内切さん。幹部候補生乙種合格の軍曹殿。関東軍を経て、陸軍大将山下奉文第一四方面軍隷下独立混成第五八旅団通称盟兵団第一二一八部隊（五三二一名中生存者一四三名）。その後配属がえがありまして、部隊は当初の六〇〇名強が山中放浪を経て投降時の生存者二〇名とかですが、ぼくは聞いていていません。
ただ、こうはいっていいました。
「塹壕で何がイチバン怖いか
敵兵や思うやろ
ちゃう
睡魔や
仲間は皆餓えておる
でもツイうとうと
となﾞ」

極限状況が、この種超自然的危機予知能力を育んだと思えなくもないのです。でも、学者は否定的です。人間以外の生きものの多数がそなえる危険予知能力についてですが、その搭載には時期ということがありまして、それを臨界期というのだそうです。そして生きもの一般、誕生後必要なプログラムとして母胎内に導入済なのです。ところが人間にかぎって、脳が、産道を通るにはおおきすぎるため、先送りして、生後間もない時期を臨界期にあてる設計なのですが、この時期、お母さんの保護のもとにあるため、搭載することなく成人しちまう、との説明です。

中内さんの家庭環境ですが、人外魔境ではありません。たしか祖父・大阪医学校卒業の眼科医、父・大阪薬学校卒業、神戸市長田区、入江小学校の校区で薬局開業。近所には、日本画家・東山魁夷生家の船具商、推理作家・横溝正史生家の生薬屋などというフツーに下町でした。

ただし生前、社内で「わたしは神だ」と宣わっておったようです。神にしては弱気でドライバーに命じ靖国神社周辺は必ず迂回させました。仲間の霊が襲ってくるのだそうです。

賢い友だち 1

毛主席「大躍進計画」がもたらした人民の挨拶は「吃《チー》飯《ファン》了《ラ》嗎《マー》（飯食ったか）」。

昭和の日本、人民は、ぼくみて「死になはんや」。ところが、このぼくの蚤さん心臓を、革命的に強靭化した金言があります。賢い女・楢崎汪《ひろ》子さんの思考です。全世界の洋服細民同胞と共有いたしたい。正確にご理解いただくため関係の各位、原則実名とします。

半世紀近く前です。ぼくの勤務先は、当時わが国第三位の広告代理店大広で、その最大の取引先ダイエーグループCEOの中内㓛さんから、ぼく入社の要求が再三ありました。名分の第一はさらなる多角化。敵地に、孤軍、落下傘降下を強いられるぼくの《保護者》として、大広の井上会長をダイエーに招聘するという条件もつけてきました。

コンツェルンは、ダイエー、ローソン、オレンジページ、リクルート、アラモアナショッピングセンター、オリエンタルホテル、マルエツ、プランタン銀座、福岡ダイエーホークス等々二百社とも三百社とも。総体の売り上げ五兆円。有利子負債が、連結決算外の上場企業も含むと二兆六千億円あたりかな。そこでCEO提示のビジネスモデルは、グループの広告・販売促進機能を分社・法人化、出稿に際して帳合いを通し手数料を申し受ける。つまり広告代理業の in-house です。それって、確実に儲かるようにみえます。でも、アンシャンレジーム、既得権益の破壊を意味します。広告代理店、媒体社の徹底抗戦は当然の成り行きですが、正面の敵はむしろ中内さん自身が育てた企業内官僚でした。《広告主》から《お代理様》にカースト逆転ですもんね。ぼくは中内さんに予告しました。「ぼくは三年しかもたない」。

ギャラリーの反応もぼくの読みと一致していました。

井上さん「わては会長まで登りつめた。晩節を汚しとうない。泥はあんさんひとりで被るのや。ダイエー入社後は中内獅子身中の虫と化してやな、広告子会社構想を潰せ。東急エージェンシーになろうて電通と組まれ、広告扱いさらわれてもたら大広はへたる」

（井上義数。浪商相撲部出身、戦時中、磔《はりつけ》兵団所属、内務班のお務めは飯炊き軍曹。綽名「赤鬼」。泣いていました。鬼の目にも涙、か）。

ダイエー副社長「あの方にはマセさんの地獄が理解できないのです。それは生れながらのオーナーであらせられるからです。わたしは、前の会社で社長まで務めたけれども、新卒からのたたき上げでしたから、月給取社会の心理と行動がどんなものか、わかるのです」

中内さん「絶対矛盾的自己同一」

前長野県知事田中康夫さん（当時『なんクリ』の人気作家でして、ぼく、彼をダイエーアパレル部門若手の勉強会に招きました）。

「わたしの父は動物行動学の信州大学教授でしてね。ローレンツの学説によると、ライオンは縞馬を一頭食すと眠くなって寝ちまう。縞馬がふえないのは、縞馬同士のイジメのせいなのです」

中内さんは講演終わるやいなや、ぼくをトイレに引きずり込みました。

「肝に命じておけ。ライオンの嗣子《しし》はライオン。

縞馬がライオンに成り上がってもスグ縞馬に降格や」

田島義博学習院長（博士には、米国西海岸、中西部、東海岸諸都市、三週間連れ回ってもらったことがあります。ぼくは英語ができない）。「ダイエーはわたしの経営学にはなじまないよ。あえて学問でいえば、文化人類学の範疇かななあ」

文化人類学かあ。よーゆーた。中内さんが、後継者のご長男につけた綽名だか枕詞だかが《文化的不感症》。ついでにいうと、ぼくは《厚手のコンドーム》だと。安心感だけが売りものだと。ダイエーは熱帯雨林かあ。ぼくはオランウータンのコンドームかあ。

ぼく、家を買い与えるという申し出を謝絶、銀行から金を借りて品川駅高輪口に自前で購入の戦略を選択しました。三年以降の糧道確保のためです。勿論、連帯保証人は中内㓛さん。旧三和銀行が用意した紙に㓛さんが署名し、住所を書き込み、押印し、マッチロの金額の欄にぼくが欲しい数字を書き込んで完了。ただ、それだけの流れです。ところがです。手が金縛り状態に。

ゼロがひとつ足りなんだです。下級国民の卑屈さです（ぐやじーっ）。

そして三年経過。

ぼく「臣もと凡庸の才をもって、分に過ぎたる重責を荷《にな》い、人をしらず、事を慮《おもんぱか》りて闇《やみ》多し。電信柱が長いのも郵便ポストが赤いのも、咎《とが》みな臣にあり。『春秋』にてらしみれば、罪のがれがたし。

臣、慙愧《ざんき》にたえず伏して命を待つ」。ジェネリック諸葛孔明だあ。

宇宙の声「小の虫を殺し大の虫を活かす。そもそも虫風情に人権は無い」。

思わず口走りましたよ「ぼく、カッコ悪い」。

聞きとがめたのが、楢崎汪《ひろ》子さんでした。

「なにぃ（?）。マセさんを中長期的にわたたってウォッチしてきたけど、一貫してカッコ悪いのよ。いまに始まったことじゃないわよ。ばーか」

「あ、そっか」。ぼく、晴れて天日を仰ぎました。

東映「博奕打ち総長賭博」、鶴田浩二さんの台詞、カッチョイイなあ。

「任侠道、そんなもん俺にはねえ。俺はただのケチな人殺しなんだ」

ぼく、取締役の善管注意義務は果たしています。でもハウスエージェンシーが粉飾などという、企業会計原則上ありえない着想の前には通用しませんね。ぼくがみせられたPLもBSも、ぼく用に鉛筆なめなめの創作で、ついには反社ご一統様襲来。「マセに融手を脅しとられた。仁義礼智信の道に則り、倍返しの三億八千万円チャブダイ」だと。

儲ける仕組みづくりを後回しにして、法人化したりするのがマチガイのもとなのです。結局、プロパーとして採用した若い人たちへの負い目を、ぼくは生涯背負うことになりました（彼らは企業文化を異にするダイエー本社には残りようがないのです）。中内さんは「クリエイティブな人たちやから売り手市場やろ」と楽観的でしたが、それは筋がチガウ。

ダイエーコミュニケーションズ代表取締役会長中内㓛の名をしたって、正社員や院生の身分を捨て、馳参じた同志ではありませんか。

汪子さん、もとはリケジョ（ご尊父実存哲学の教授）。勅使河原蒼風さんのPR秘書・草月会館理事を経て、人生多角化（ロバート・ケネディと何とか。ただし汪子さん本人発。信憑性に疑問）。

映画の男優ばかり妙に群れていた青山のステーキハウスのオーナーとか、地下鉄駅構内の広告枠を買い切り、詩壇の作品展示の場とするとか、「季刊・手紙」の発行とか、八十代以上の詩人なら、ご記憶の方も。

中内さんは、ぼくに何気に「エイサクさんは明智光秀が好きやろ」と誘導尋問し、「ハイ」と答えさせておいて、御大いうところの企業内秘密警察《鬼やんま衆（鬼やんまのシャツ着用）》に、「忠臣は二君に事（つか）えず。マセごとき中途入社こそ奸佞邪智のエビデンス。水色桔梗のブランド隠して夜討におよぶ魂胆やで。スキヤキの刑にしちゃる」と早速刷り込んでいました。

御大の分割統治に操られ、縞馬軍団がぼくを襲うのは、自然（自ずから然る）の成り行きとの覚悟はしていました。されど社畜の同調圧力侮りがたし。ぼくオフィスで失神。「シマウマ矯正する少年院はないのか」

さらに某印刷大手（と、いっても凸版さんではありません。念の為）の蛮性は想像を絶しました。学芸大K教授のデザイン成果物を、自社の制作としてADC年鑑に公表し、ぼくのスタッフに使わせておきながら、著作権・著作者人格権処理、いっそ清々しいほど不適正で、一大事しゅったい。顧問弁護士の鑑定書でもみたのか。ぼくが優勢としると、ぼくの告訴に先回りして、どっかの筋と手打ちしやがった。ぐやじーっ。

賢い友だち 2

二〇二三年八月二十三日夜、
長野県佐久市臼田宇宙空間観測所のアンテナを使って
地球外生命探査の専門家が
あの「夏の大三角」の一等星、彦星からの反応を観測する。
長野朝日放送のニュースを　ぼくはみた。

彦星と地球との距離は十七光年だそうだ。
四十年前に十三種類の画像を送信したので
（知的生命が存在したならば）返信が来る頃だそうだ。
彦星の衆、どう思うだろうか。
「地球人も淋しいのだろうな」
とか、かな。

彦星にもソクラテスやプラトンみたいな奴がいたりして
忠告とかしてくれるかな。

「あんさん。民主主義たらにはめられたんちゃうか。カルトかもな」

ぼく「ほたら、どうせえいうねん？」

彦星「仏説がええな」

八月二十三日昼、
荊妻桂子がＢＳプレミアムでルネ・クレマン監督
「パリは燃えているか」を観ていた。怖いよ〜。
スターの名前がごっそりとぼくの脳から欠落していた。
イチバンおいしい役どころのスウェーデン総領事に扮した
怪優オーソン・ウエルズの名前まで、思い出せなんだ。
というわけで、つぎなる老人の主張を後世に残すのだ。

植物間のコミュニケーション関係は、アカデミアが認めるところだ。ぼくは思う。人類と植物だって対話できないはずがない。ぼくの名は英作、はなつくりを意味する。植物は嘘つかない。これ英作の経験則。

　地球外知的生命体との接触努力には敬意を払うけれども、この惑星の大先輩の知見も積極的に取り込んで欲しいな

(野田道子著『植物は考える生きもの!?』PHP研究所の一〇頁に、植物は地球でおよそ二十一億年間生き続けてきたと、あった)。

男の妖精

その人は、ぼくを、
「低侵襲医療」という言葉を名前にとりこんでいる
神戸の病院に連れて行きました。
切らないという意味だそうです。
その人はそこに入院していたのです。
見学の帰途、最寄りのホテルに立ち寄り
夕食の営業が始まるまでバーで過ごしました。

時効と勝手に決めて書きますね。
二人組のバーテンダーがいて
ラフロイグの25年を一オンス2500円で売りました。
のちに畏友のバーテンダーに話したところ原価でした。

ホテルは
バーテンダーが自らの裁量で酒の値段を決めることは許さないとも。

翌年、
二〇一八年ですが
その人から
「12/02 14:22　お会いできません」
「12/02 14:24　何の連絡もなく、日が過ぎて行きました」
「12/02 14:25　今から、病院に行きます」
というメールが入り、
追うように訃報が入りました。
男の妖精がほんとうにいるとすれば
あの二人組がそうだったような気がします。

船、帰る

船が入る
外洋航海というより
実態は漂流だったのではないかな
満身創痍だあ（無理もない
舵手の席には真っ当な海図も望遠鏡も六分儀も
みあたらなんだ）

（ラベル作曲のダフニスとクロエのような）夜明け
舵手は新しい船を受領し（精密な海図も）
出港

右のぼくの詩（のつもり）は、
ぼく、浄土真宗大谷派の門徒ですけど、
お天理様の『おふでさき』から
イメージをいただきました。
ありがとうございます。

以下、天理教教義及史料集成部編集
『高校教義科副読本』（天理教道友社）より第二十章
かしもの・かりもの１４３頁
にんけんハみな／＼神のかしものや
なんとをもふてつこているやら『おふでさき』三４１
第三十三章出（で）直（なおし）２６０頁

すなわち、
「我々の体が、親神様からのかしもの、
我々にとってはかりものである
ということは『おふでさき』に度々教えられている」
とあります。

『おふでさき』は、まことのめすざる一四、

お天理様教祖（おやさま）中山みき刀自にしか
書けないのでしょうね。
ただしシンギュラリティが人類の集合的無意識に
踏み込むとどうかな。
集合的無意識そのものもまだ仮説でしょうけど。

「科学の知」の大勢は脳や感覚器官を離れて
心はないとします。
心とは、高度に発達した
中枢神経の反応なのだという理解です。
アリストテレスも身体性を離れて心はないと
しています（でも
「世界霊魂」は存在するとも。
どっちやねん!?）。

「科学の知」にお願いがあります。
教祖（おやさま）が歩まれた「たすけ一条の道」
オルタナティブが欲しいな。
きょうびは役所でも民間でも
対案なくして反対なしですよ。

シッキム 1

「シッキム固有の民は普通レプチャと稱せられる蒙古人種の末派である。彼等は自らロン・パー谿の民―と稱し、主として谿谷、森林の間に住し牧歌的詩的傾向の勝つた民族である。その爲め彼等は後より侵入して來たつた西藏人ネパル人等に厭迫され、今日では明かに生存競争の敗残者たる地位に立つてゐる。今日彼等の人口は僅か八千人を越えぬといふことである」

（鹿子木員信『ヒマラヤ行』一九二〇年六月　政教社刊）


「原住民のレプチャはもうずっと以前に森林の中に追い込まれてしまって、彼らはここでおずおずと遠慮勝ちに生活している。（中略）どんな国の言葉もレプチャ語ほど植物の名前の豊富な言葉はない」

（パウル・バウアー『ヒマラヤに挑戦して』伊藤愿（すなお）訳一九三一年十二月　黒百合社刊）

ぼくにとってのレプチャとは、
高所のハイキングに不慣れなぼくたちの荷物をゾッキョ
（牛とヤクの混血）の背に載せたり
じぶんでかついだりする人。
あと、カルダモンの栽培とか
ガントクのタクシー運転手とかでしたね。
顔は笑っちまうくらい、ぼくと似ていました
残念なことに、ヒマラヤ山中の共通言語は英語ですけれども
お互いそこのところが不得意でして、
ぼくはベンガル州駐屯軍司令官にして言語学者
一八七六年『レプチャ語文法』を著わしたマナーリングの
「レプチャ語からは人をののしる言葉がみつからない」という説の真偽、
確かめたかったのですが上手に聞きだせなんだです。

一九七五年、
亡国のシッキムにかわる新たな為政者のインド政府は

レプチャ（当時の推定人口、仏教紅帽派西蔵人の末裔ブティヤとあわせて五万程度）をシッキムおよびダージリン丘陵地域唯一の先住民族として優遇し、
コンクリ住宅、
年間百日の雇用保障、
さらに子弟に高等教育の機会等々を提供しました。
そして、夏鳥の便りには、いまどきのレプチャ社会
賄賂、虚偽申告、接待漬け、賃金不払い少なからず、と。

ここまで書いたところに、怒羅権君から電話。彼、義和団の乱のあのジャーディン・マセソン・ホールディングス、あ、ちがった。
文久元年創業の名門、コーンズ・アンド・カンパニー・リミテッド、そのディーラー部門でベントレーを売りまくって経営陣の信頼を得、目下デジタルマーケティング担当。日本国籍ですけれども
ネパールのインドアーリア系少数民族バライリの血が半分入っていて、ほんとうのところぼくは親族ではないのだけれども、一族の故郷、

エベレスト街道ナムチェバザール（標高三四四〇メートル）、その
コミュニティーでは、ぼくの義弟ということになっておるのです。
これ法律ではないな。文化人類学とでもいうほかないいな
ナイショの話はアノネノネのあと、ぼくはこういいました。
「臥竜よ。金持の物差しは金だ。
ところが貧乏人、たとえばぼくだが情に甘えすぎる。
そこでボタンの掛けちがえが起きる。肝は、
金と情の弁証法的止揚だ。忘れんな。君はぼくのオトウトだぞ」

シッキム 2

むかしダージリンのウィンダメアホテルで、
「伝説」にご拝眉したことがあります。ホテル経営者の
テンドゥフラ夫人。前掲のバウアーの著書に
チベット軍司令官兼ダージリン警察本部長ラ・デンラ邸訪問の際、
聡明なご息女登場のくだりがありますけれども、その後年の姿です。
一九二三年のお生まれで、
シッキム王国最後の王となった
パルデン・トンドゥプ・ナムゲル陛下が、
一九四〇年サンフランシスコ生まれ、サラ・ローレンス大一年生
ホープ・クック嬢（後のギャルモ妃）と出会ったのが
ウィンダメアの談話室でした。
二人は一九六一年結婚、婚約パーティーもテンドゥフラ夫人の主催で

この談話室で開かれました。

王は暗愚であったとも不幸であったともいわれます。
でもヒマラヤの小王国は一九五〇年締結の条約によって
宗主国インドに外交、防衛、郵便、電信、電話を委ねていて
王にやれることはかぎられていましたし、
インドとは「世界最大の民主主義国」です。
王国人口約二十万人中七五パーセントが隣国ネパールからの移民で
彼らの意思はインドによる併合でした。
いっぽうギャルモ妃はアイリッシュの血をひく美貌の人でした。
一九八〇年、亡命先のニューヨークでパルデン・トンドゥプと離婚。
ピューリッツアー賞受賞の史家マイク・ウォレスと再婚後、離婚。
一九八二年、廃王死去。

ねっ。王様はウィンダメアの恋を貫徹したのです。それでしあわせ。
ハリウッド映画観る気分でぼくたちもしあわせ。

王様万歳、万歳、万々歳。
テンドゥフラ夫人のことば
「昔のほうがよかったとは申しませんが
当時の階級制度や形式主義の悪口をだれがどういおうと
わたしにはとてもたのしい日々でした」。
ホテルですけど、ビクトリア朝の記憶を残した木造二階建てで
二二〇〇メートルの高所なので、老朽化が加速するのだけれども
それがたまらなくいいんです
（しのびよる霧の匂い。カンチェンジュンガ、遥か）。

へんたいが詩を書いてわるいか

一九三七年生まれ、めんどうくさい間瀬英作です。
現代詩を書きはじめました。
つきあいたくないでしょうね。ヒヒヒヒヒ。
一九八五年のぼく、
つくばの国際科学技術博覧会でダイエー館「詩人の家」を出展のところ
なぜ科学万博で詩なのかと炎上。
学校の理系の授業には
機械論的なもののみかたとか、因果律への信仰がつきまといますもんね。
好意的な記事はニューヨーク・タイムズ一紙だけでしたよ。
「日本人みなエコノミック・アニマルと誤解しておった」とか。
ＮＹＴは日本人を小ばかにしておる。ほめられとうないわ。

二〇一七年から一八年にかけて原書および英語版刊行のベストセラー
カルロ・ロヴェリ著L'ordine del tempo富永星訳『時間は存在しない』
（ＮＨＫ出版）にこうある。
「科学のもっとも深い根っこのひとつに、反逆する心、すなわちすで
に存在する事物の秩序を受け入れることを拒む心がある（２８頁）。
科学のもうひとつの深い根っこ、おそらくそれは詩だ。詩とは、目に
見えるものの向こう側を見通す力のことである」（２９頁）。

二〇二三年現在、詩の効用は自然哲学が認知するところとなった。
ならばへんたいの効用も認知していただきたい。
ぼくにおけるへんたいは、詩的想像力と等価である
お医者さんごっこを教わった時点で起動した。恐れ入ったか。

「想像力は死んだ　想像せよ」（Ｓ・ベケット）。

つくば科学万博「詩人の家」は、入場客９５７４１９人。定量的にみおとりしました。ただし、詩作品・音楽・建築・運営の質そのものは、すこぶるつきですぐれていました。作品応募（初回）２１８１２点、レコード１５０００枚売り切り。それだけに余計つらいです。

ぼくじしん、博覧会展示の本質、すなわち集客の数を競う祭りの見世物に、現代詩はなじまないと思います。ただ他館の規模、当時でも５０億円が相場のところ、ぼくに与えられた予算は１０億円。そこでニッチ狙いの差別化戦略として詩を利用したのです。正直、ぼくの行為は不純です。泣き言になりますが、水気耕栽培「ハイポニカ」によるトマトの展示が、政府館に押さえられ、切羽つまったという事情もありました。

カネがないくせに、なぜ出展を強行したのかというと、ダイエーの参加は、《財界政治部長》の異名でしられた花村仁八郎経団連事務総長マターでした。社として断りきれなかったのです。

以前手掛けた、神戸ポートピア81のダイエーーＯＭＮＩーＭＡＸ劇場は、六、七時間待ちの日が続き、ついには千里万博の米国館《月の石》を越え、博覧会の歴史における待ち時間記録を更新したという報告が入りました。だから、ぼくは大方の期待を裏切ったということです（ま、いくら群集心理とはいえ、炎天下、お客様に長時間行列させるという行為も、前時代的ですけど）。

秋津忌、新子さんはなぜ死んだ

ぼくは一九六二年（昭和三十七年）公開の松竹メロドラマ、『秋津温泉』の一ファンです。
クズ男が岡田茉莉子様に惚れられる映画だからです。
でも、一点、異議ありなのです。そこのところを書きますね。

山田宗睦さん（哲学者。東京大学出版会、「思想の科学」編集長、桃山学院・関東学院教授など。生涯在野の哲学者）の著書、光文社カッパ・ブックスの『危険な思想家』にこうあります。

「三年前、監督吉田喜重《よしだよししげ》、岡田茉莉子《おかだまりこ》で『秋津温泉《あきつおんせん》』がつくられた。戦後を象徴する新子《しんこ》が、戦後庶民の一人である周作《しゅうさく》という愛人からも見捨てられ、ただひとり死んでいく物語だ。わたしはりつ然とした。

戦後をむなしく死なせてはならない。だれがなんといおうとも、戦後日本人は戦後を死なせてはならない」


ちなみに藤原審爾さんの原作では、新子は死なない。

結末では周作と湯舟に浸かっています（温泉宿の跡取り娘でもある）。

「あたしは死ねるわ。あなたが亡くなったたって噂で死ねるわ、……」


英作、あ、まちがえた周作はそりゃあクズ男ですよ。民度低いですよ。

でもクズにはクズなりに矜持・節度というのがあるのです。

映画『秋津温泉』の一党は若くしてみな上級国民でした。

だからそこのところが、わからないのだな。

クズが脚色するとこうなります。


周作は、電灯もつかない六畳一間の借間で、ミシンを踏む妻晴枝と娘蕉子の暮らしだった。

でも、晴枝がどこからか借りた新聞から

「秋津温泉、秋鹿園、新装いたしました、おまちしております、
高崎新子」という広告をみつけてくれ、
背中を押されて、周作は電車とバスをのりつぎ秋津に向かった。
五年の空白があった（ここまでは原作にそっています）。
ここからが、マセ版『秋津温泉』。
新子は菩提寺の次男坊を婿に迎え、二児の母となっていた。
周作は気づかれぬようにして帰りのバスを待った
（周作君の薄い背中に、
撮影監督成島東一郎さん。桜吹雪をお願いします）。

山田宗睦さんにおける「戦後」は、「戦後民主主義（転向民主主義とも）」と通底しています。その肝の部分ともいうべき、憲法第九条二項にいう交戦権の放棄について、戦争をしらないX・Y・Z世代には「脳がお花畑」の印象、まぬがれないと思うので、成立の事情、松本暉男関西大学法学部助教授の解説を紹介しておきます。『日本国憲法』の制定は、米・英・中・旧ソ連、すなわち連合国の合意による『ポッダム宣言』を、日本政府が受諾、その諸項目の実現を誓約させられたことに由来します。つまり敗戦国が戦勝国におう約束としてなさねばならなかったのです。形式的には明治憲法第七三条の改正手続をとってはいますが、実質は敗戦という政治的事実の結果です。しかし満州事変にはじまる十五年戦争に疲弊し、由らしむべし、しらしむべからずの翼賛体制からの解放を願う国民は、軍国主義との訣別（ポ宣言六項）、言論・宗教・思想の自由と基本的の人権の尊重（同一〇項）、平和的傾向のつよい政府の樹立（同一二項）などの理念をむしろ肯定的に受容したのです。

もっとも帝国議会では、社会党鈴木義男議員（弁護士・元東北帝大教授。憲法、行政法）など野党側、また東京帝大総長南原繁（政治学）からも疑義の表明がありました。ここでは野党の問題提起を引き写しておきます。

社会党・鈴木義男議員「局外中立、殊ニ永世局外中立ト云フモノハ前世紀ノ存在デアリマシテ、今日ノ国際社會ニ之ヲ持出スノハ『アナクロニズム』デアリマス。今日ハ世界各国團結ノ力ニ依ツテ安全保障ノ途ヲ得ル外ナイコトハ世界ノ常識デアリマス」（昭和二十一年六月二十六日、第九十回帝国議会衆議院議事速記録第六號）。

共産党・野坂参三議員「一体此ノ憲法草案ニ戦争一般抛棄ト云フ形デナシニ、我々ハ之ヲ侵略戦争ノ抛棄、斯ウスルノガモツト的確デハナイカ」。そこで宰相・吉田茂の答弁。「戦争抛棄ニ関スル憲法草案ノ条項ニ於キマシテ、国家正當防衛権ニ依ル戦争ハ正當ナリトセラルゝヤウデアルガ、私ハ斯クノ如キコトヲ認ムルコトガ有害デアルト思フノデアリマス」（昭和二十一年六月二十八日、第九十回帝国議会衆議院議事速記録第八號）。このガンジーもどきの無抵抗主義の披瀝。東京裁判の開始を背景にして、天皇の不訴追・地位保全とバーターの性格、なしとしません。そして現在の時点、核抑止力持たざるこの国の安全保障と外交政策について、与野党のホンネに大差はないとみます。ちなみに吉田茂の養父・吉田健三は、あの、ジャーディン・マセソン商会の横浜支店長たりし人物です。だから、と、こじつけるわけではありませんが、徹底して親アングロサクソン。ただし、海外におけるスピーチは一貫して日本語でした。

斯様な「神学論争」をよそに、米国を軍事的宗主国としつつ、なお防人としての義務をつくさなければならない制服組の思惟の例を紹介しておきますね。

橋本金平君（ぼくの高校同期、防大生徒出身、潜水艦長などを経て戦史家に転じ、一等海佐。その後、広島大大学院で国際平和論だったかな、学位取得）のメールには「戦争では戦死した兵もいれば、青春を台無しにした青年もいて、その戦後も様々な生き方があった。憲法九条には、この人たちの怨念のようなものを感ずる。矛盾だらけな九条だけど、理屈ではない」と。また「政治は結果です。国民の生命財産は守られて、いまの日本がある。九条は正しかった。自衛隊、日米同盟、米軍駐留、これが敗戦国日本の現実主義の政治だ」とも。

ちなみに、国際関係におけるリアリズム学派の古典的名著が、UC麦嶺教授たりしケネス・ウォルツ著、河野勝・岡田知子訳『国際政治の理論』（勁草書房、二〇一〇年）、Theory of International Politics (Addison-Wesley,1979）です。その言説は、この地球はアナーキー、警察も法律もない、超大国は何しでかしても罰せられることはないという、まあ実も蓋もないですけど。

映画『秋津温泉』は、戦中派に偏愛されました。こんな調子です。

山田宗睦さん「今年も秋津忌が参ります」。新子さんは架空の存在なのに、命日までありました。

津川溶々さん「TBSです。『秋津温泉』を押さえています。NHKが放映したがっているのですが、時間の制約から一部カットするというので断りました。というわけでウチの試写室でご一緒しませんか」

中野庄司さん「まあ聞いてくれ。俺は『秋津温泉』のコマ割りをぜんぶ暗記しておる。嘘と思うなら、この場で描いてみせる」。津川さんは銀座周辺の加賀料理の店、カウンターで隣り合わせた縁でした。名刺をみると、偉くなっておられましたが、往年、

ＴＢＳ映画部長として名を馳せた人物とスグわかりました。中野さんは、大広労組の指導者でした。上部組織が広告労連でして、広告代理店の労組が総評傘下とは如何なものかと、ぼくは違和感覚えていたのですが、本人はおかまいなしでした。

クランクインに際して、周作は、あの芥川比呂志さんが扮しておられました。四十一歳、旧日本陸軍の中尉殿ですよ。角帽・詰襟の学生の役は、いくら日本一のハムレット役者でも、薹（とう）たちすぎではないでしょうか。それって成島東一郎さんが教えてくれたのですが、かの大女優は、彼のことを憎からず思っておられたのです。だから誰も逆らえなかったのかな。芥川周作君は二月、雪のシーンを撮り終えたあたりで喀血。代役、サザン桑田君。あ、ちがった長門裕之。他にも矛盾はあります。たとえば新子は横浜の専門学校にいたそうですが、「専門」を旧制の「女子専門学校」と解釈すると、当時、横浜には女専は存在しません。関東学院とフェリス女学院が女専を開校しましたが、それは戦後です。

ぼくは映画『秋津温泉』に、お能を連想します。シテ（主人公）が新子、シテは概ねこの世の人ではないです。そこにワキ（脇役）周作が訪れ、シテの「あはれ」を共有するのです。

お能には祭式としての古代芸術の痕跡が残っています。十七年におよぶ周作と新子の物語を通じて、ワキ周作の結婚や会社勤め、プチ浮気などはとりこまれていますが、シテ新子の秋津の日常は観客には殆どしらされません。謎でさえあります。そして能舞台における橋掛かりは他界との通路です。宿の渡り廊下には、そのイメージ。

音楽がまた、カメラと並んで古典の域です。追悼の曲としてプッチーニの『菊』がしばしば演奏されますが、林光さんの音楽には、同じ弦楽合奏の編成ながら、より日本人らしさ、内向の美を覚えます。もっと演奏していただきたい。

原作のモデルになった温泉は、紀州のどこからしいですが、映画「秋津温泉』のロケ地は、津山駅から一時間半ほどの奥津温泉・奥津渓です。ネットで「６０年前の映画のロケ地へ　今ひとたびの『秋津温泉』」と入力すると、スタッフ・キャストの追体験ができます。投稿は。ぼくより六十歳近く若い方です。ありがたいことです。

言葉はいらない

吉岡實さんの葬儀は一九九〇年六月三日でした。時間をまちがえて、一時間はやく来ちまったのがセゾン・グループ代表堤清二さんで、同様に一時間まちがえたのが、このぼくでした。

堤さんは、ぼく、叔父土井一正の紹介で詩人の知遇をえた一九五九年よりも、三年も早く、詩誌「今日」の同人でした。

両人、並んで座っていたのですが、会話はまったくなかったです。

堤さんは、翌九一年、グループ代表辞任。九二年、グループ解体。

二〇一三年死去（享年八十六歳）。


「書不盡言、言不盡意」孔子の言葉ということになっております。

豚が好き

母（豚鼻でした）を食べる。
おいしい。牛肉より安いし。
娘たちも、ぼく（豚鼻です）を食べるのかな。

詩を待ちながら

「弟子に心の準備ができたとき、ちょうど師匠がやってくる」
と、ジーン・シノダ・ボーレンは書いた。
それって古代チャイナの諺で
共時性発動の事例とされている。

ぼくの場合、詩業がそれだった。
ぼくの方法は、詩がやってくるのを待つのだ。

待ちくたびれたよ。
四捨五入すると齢九十ではないか。
慌ててそれらしいものを自前ででっちあげたのが、これ。
《英作の耄碌《もうろく》様式》なのだが。

つまり、本来のぼくの詩といえるだろうか。
困った。

小薗江圭子・愛称ドドさん（容姿から、みまちがわれるので、安南さんとも）は、まず「ぬいぐるみの巨匠」でした。ぼくはみていませんが、すでに女高生当時、ぬいぐるみの鰐さんの鞄が、銀座の鞄の老舗で客を睥睨していたと聞いたことがあります。「巨匠」とは半世紀近いご無沙汰があって、そして予感かなあ。享年七十六歳の前の一、二年間、行き来がありました。ご自宅を賃貸マンションに建て替えた結果の管理業務がつまらないし、「この広い野原いっぱい」の印税がいまでも振り込まれていて、それがいい小遣いになるのだそうで、「（作詞）再開しては」と上奏のところ、「この歳ではもう書けない」。

勿論、年齢を超越して詩人であり続けている方がいらっしゃいます。でも、ぼくはどうでしょうか。《英作の耄碌様式》、事実下手っぴーだし。

以下、蛇の足。「巨匠」が、ホンの一時期ですけど、かの経済人・文化人蝟集のバー「ラジオ」の共同創業者・共同経営者たりしことは一種都市伝説として、バーテンダー尾崎浩司・空間デザイナー杉本貴志両氏の才能とトリプルチョップでもって現在にいたるなのですが、実は「ラジオ」以前、トンデモに類する相談をもちかけられています。「おにぎり屋」の起業です。「ラジオ」と業態の振幅凄すぎませんか（やはり詩人だなあ）。ハンパに参戦していたら、ぼく、汚れフェチ。速攻で保健所から営業禁止処分食らったな。

Kevin's Bar 十二月の詩

ウチの詩つくってよ。
イェイツに酔っぱらいの詩があったろ。
あんなのがいいな。

イェイツはチャンプだよ。敵わないよ、
あんなの目指したら死んじゃうよ。

「カウンターに男ありて
昨夜を語らず」
どうだい。

駄目だよ、

床に寝ちゃ。
ウチは宿屋じゃないよ。
あ、もっと駄目だよ。道路に寝ちゃ。
死んじゃうよ。

そのイェイツの詩の標題は、
"A Drunken Man's Praise of Sobriety"と申します。
くだんのバーは軽井沢本通りの、限りなく新幹線の駅近くに立地し繁盛していましたが、閉店。
祖父母の出自ベラルーシ。本人デトロイトっ子、日本語が日本人以上に上手なバーテンダーは、信州澁温泉郷で老舗の履物店の店舗付住宅を買ったと、風の便りでしりました。何かまた企んでいるのでしょうか。

ぼくのEureka! 1

「アーナンダよ。実に、わたしを善き友とすることによって、（迷いの世界のうちに）〈生まれる〉という性質をもっている人々は、〈生まれること〉から解脱するのである。〈老いる〉という性質をもっている人々は、〈老い〉から解脱するのである。〈病い〉という性質をもっている人々は、〈病い〉から解脱するのである。〈死〉という性質をもっている人々は、〈死〉から解脱するのである。

（ブッダ『神々との対話　サンユッタ・ニカーヤ1』中村元訳　岩波文庫192頁）

アーナンダ（阿難陀）は、ブッダの従兄弟で、弟子でもありました。尊師の入滅まで四半世紀、身の回りの世話をしたので、ヒアリングの上で特等席だったらしいです。

ぼくの Eureka! 2

「親鸞は父母《ぶも》の孝養《きようやう》のためとて、一辺にても念仏まうしたること、いまださふらはず。そのゆへは、一切の有情《うじやう》はみなもて世々生々《せゝしやう〴〵》の父母《ぶも》・兄弟《きやうだい》なり。いずれもいずれもこの順次生《じゆんじしやう》に仏に成りて助け候ふべきなり」

（『歎異抄』第五章　岩波文庫48頁）

あとがき

ぼく、間瀬英作（昭和十二年十月二十九日生）は、小児喘息のせいで、自宅で天井向いて、本が友だちの毎日毎日でした。カタチだけは進級。そこで、坂の上の雲というか、ピンク色の豚かな。輪郭はぼんやりしていますが、詩人になりたいと。

昭和三十四年、大阪の私大法科四ねんのときドイツ語を何回も取りこぼしていた吉田仙太郎先生からお誘い。「女子大の教え子の富岡多恵子が第八回H氏賞だよ。紹介したいな」。大阪能楽会館だったかな。内田朝雄主宰月光会の詩劇公演に連行されたのですが、終演後のミーティングの場で、ゲストの谷川俊太郎先生が、ぼくの大阪弁が面白いと褒めてくださって、杉並区東田町の新居においでよと。

夏でした。『二十億光年の孤独』『六十二のソネット』『愛について』の詩人と、女優と水泳指導員兼務の夫人、ふたりして真っ黒で、眩しかったなあ。「就職、どうするの」と聞かれ、「大和証券を受けます」と答えました。「株屋さんか。ロマンチックだな。でもね。ぼくの友だちで寺山修司というのがいてね。ライオンのCMソングを書いて十万円もらえたの。日本の詩歌史上最高のギャラではないかな。広告業界には進出の余地、あるな」

宇宙の声です。でも大和証券から大阪⇅東京の交通費を頂戴しています。そこで神田小川町の筑摩書房に駆け込み、≪吉岡實広告部長(『液体』『静物』『僧侶』のあの、第九回H氏賞のあの)≫から、実務のあらましをヒアリング。大和証券の社長面接(福田千里氏でした)に臨みました。「キミはわが社で何がしたいの(?)」「広告のコピーを書きたいです」「ウチは広告代理店じゃないよ。ウチは止した方がいいよ」。さいわい、大阪資本・大阪の企業文化、しかもその年度、取扱高日本第二位という近畿広告(のちの大広。いまは博報堂DYHDのグループ)が健在でした。入社後わかったのですが、岡井隆先生の祖父君も、近畿広告の前身四社のうちの一社、京華社名古屋店の責任者でした。アララギ派とは(?)無関係でしょうね。

六十年を閲《けみ》しました。その間、詩は一篇も書かなんだ、というより書けませんでした。ぼくの目標はチャイコフスキーが「エフゲニー・オネーギン」で実現した世話物の叙情的情景ですが、身のほどしらずでした。それってリブレットがプーシキン。天才がタッグを組んで夢に殉ず、ですもんね。だいいち詩人以前に、もの書きとして、ぼくは下手っぴー。芦屋の高校では隣りの席が故児玉隆也君で、大貧民。朝イチから、ぼくの弁当を盗み食いするので閉口しました（でも、空の弁当箱にはバイトで得たと思しき過分の金子が）。ま、ぼくを気に入ってくれて、自治会長のくせに修学旅行までボイコットし「旅行積立金をおろして、二人だけで旅しようよ」。後に、いまでいう《文春砲》でもって田中角栄金脈追及に手を染め、身の危険を覚えたときも（「暗殺教室」かよ）、真っ先に内密の相談持ち掛けてくれましたが、彼の文春読者賞ゲットの「淋しき越山会の女王」など読むと、修辞の達者にあきれます。また、ぼくは雑誌「宣伝会議」主催、広告コピーの講座を十数年担当し、一回当たりの講師料、大学非常勤の四倍でありがたかったのですが、延べ数千人の受講生の側に超絶技巧がいましたね。故中島らも君とか。奴など、ぼくの演習にいつの間にか現れなくなりました。勝敗これ文運、無条件降伏とて、わが身一人の不調法。

さて、このところ老衰に伴う羞恥心の喪失でしょうね。《英作の耄碌《もうろく》様式》をひと様に押しつけたいという欲求が昂進しております。

坂本喜杏社長の冨山房インターナショナルで上梓にこぎつけたのは、《お茶高人脈》の力です。ありがとうございました。実務面、石井律印刷事業部長、臺《だい》次郎営業部員。応援の坂本嘉廣会長と富山房企畫國分洋主任、滝口裕子デザイナー、山本朋己総務部長の皆様。お世話になりました。斯様な迷惑行為は二度と犯しません。お許しください。

甲辰九月　　　著者識

跋

19世紀の半ばあたりから、フランスを中心に、芸術運動の指導性は、文学から音楽に移行したという捉えかたがありますね。

とくに詩は難解とみなされ敬遠されがちです。復権は可能でしょうか。

ささやかな詩文集ですけど、ぼくの古い仕事仲間が散々悪あがきした成果物なので目をとおしていただけると嬉しいです。

「われわれは後ずさりしながら未来に入っていく」　ポール・ヴァレリー

村井邦彦　作曲家 プロデューサー

On Late Style　間瀬英作詩集
二〇二四年十月五日　第一刷発行
著　者　間瀬英作
マンガ 装丁　間瀬敦子
発行者　坂本喜杏
発行所　株式会社冨山房インターナショナル
〒一〇一－〇〇五一
東京都千代田区神田神保町一－三
電　話　〇三－三二九一－二五七八
FAX　〇三－三二一九－四八六六
URL. www.fuzambo-intl.com
印　刷　株式会社冨山房インターナショナル
製　本　加藤製本株式会社

ISBN978-4-86600-130-2 C0092